삼각산에서

삼각산에서

2025년 1월 10일 제 1판 인쇄 발행

지 은 이 ｜ 백승수
펴 낸 이 ｜ 박종래
펴 낸 곳 ｜ 도서출판 명성서림

등록번호 ｜ 301-2014-013
주   소 ｜ 04625 서울시 중구 필동로 6(2층·3층)
대표전화 ｜ 02)2277-2800
팩   스 ｜ 02)2277-8945
이 메 일 ｜ msprint8944@naver.com

값 10,000원
ISBN 979-11-94200-58-1

삼각산에서

백승수 시조집

도서출판 명성서림

시조 문학이 가지는 자생성

　시조는 신라 향가와 고려가요, 조선 시조의 맥을 잇는 전통적인 민족문화임을 다 아는 사실로, 실로 이 전통적이라는 말은 그 가치가 형용할 수 없는 가치를 지녔다는 것을 의미한다. 이번에 노벨문학상이 한국에 상륙하였다는 낭보가 온 나라를 흔들고 있다. 그리하여 새삼 독서에 대한 열풍이 일어나고 있어 참으로 반갑다. 시조도 수많은 작가와 작품 등을 가진 자질을 믿어, 이런 수상을 바란다.

　문학작품의 본질인 문文의 덕은 참으로 위대하다. 옛글에 이르되 그 덕은 하늘과 땅의 생성과 같이하고, 하늘과 땅 사이에 인간이 태어나, 우주의 삼재三才를 이루며, 특히 인간은 천지의 마음이 되고, 이 마음이 언어로 서게 되어, 문장의 모습으로 밝게 빛을 내게 된다고 하였다. 언어의 이런 이치는 너무나 자명하여 가령 수학 원리의 발달 과정에 있어 원시 초보 수학자들의 뒤를 이어 새로운 문명의 발달로, 보다 의미가 깊은 이치와 원리가 탑을 쌓아 공적을 이루어 온, 그런 수학자들을 언어의 원리를 발달시킨 학자들과 대비하여 보면, 수학적 용어를 친숙한 언어학적 용어로 바꾸어 볼 때 놀랍도록 서로 비슷하더라는 연구가 이미 존재하고 있다. 수학과 언어만 그럴까? 과학이나 각종 예술도 언어와 비슷하게 서로 맞아떨어지는 것이다. 그러기에 모든 문화의 중심에 언어가 있고, 그래서 그 본질인 문학은 사실 이 세상의 축소판이며, 인간의 모든 이야기가 여기에 묻혀 있다.

나는 시조 문학을 운명처럼 받아들여 거의 50년을 추구하고 있다. 그런데도 아직도 그 창작을 어려움을 실감하고 있다. 그리고 항상 어떤 의문이 내 마음속에 자리하고 있었다. 시조는 과연 정형시인가? 처음 시조를 대할 때 느끼는 소감은, 왜 이렇게 복잡한가? 글자 수가 딱 떨어지게 맞지도 않고, 6구에 해당하는 구의 맨 앞 글자에 강세가 느껴지기는 하되, 뒤의 약세가 흐릿하여, 영·미 정형시처럼 강약도 없다. 그래서 단순율도 강약율도 구성되지 못한다. 도대체 정형시 같지 않았다. 나라마다 전통시는 거의 전부 정형시이고 시조도 오랜 역사를 지녀 정형시라고 배워왔기에 처음부터 난감하였다.

그리하여 시조의 형식 중 가장 근간이 되는 율격 연구

에 수십 년을 보내고 있다. 율격은 하나의 언어 현상, 관습적 산물, 추상적 실체, 규범체계, 주기적 반복 구조이다. 시조의 율격을 다루는 일은 시조의 정형성을 증명하는 일이 된다. 음수율 음보율을 이은 음보의 등장성 연구 등이 바로 그것이다.

시조의 율격은 까다롭다. 본인도 이러한 까다로움에 혀를 내밀며 고심하였지만 뚜렷한 해결책이 없어 고심하였다. 특히 종장 제2 음보가 문제였다. 그러다 문득 '유레카'라 이를만한 「디· 존즈」의 의견에서 그 해답을 발견하였다. 이는 다음과 같은 것이었다.

한국 시가의 율격은 기저 자질의 선형 대비 (음절의 등가적 대비)에 의한 단순율격 중 음량률이며, 그 정형성을 측정할 수 있는 기층단위는 음보이며, 음보의 구성은 등시성에 의하여 구성한다. 율격 형성의 기저 자질은 경계표지이다. 이의 필수 자질인 율격 휴지, 음절, 그리고 수의적 자질인 장음과 정음 등이다. 이들은 국어에서 국어의 언어학적 자질 내에 있으며 이는 일상어의 언어원칙을 뛰어넘어 형성될 수 있다. 이미 국어학회에서 시조의 구 단위의 어두 강세 현상은 인정하고 있다. 그래도 음운론적 기능은 인정되지는 않는다.

하지만 텍스트 내에서의 강세가 이른바 「디 존즈(D. Jones)」가 말하는 억양(Intonation)의 차원에서의 강도(prominence)와 비슷한 자질이라고 파악하여, 시에서의 강세가 율격 자질로 설정된 만큼 고정적 현상이 아닌 율동적 자질로 파악한다면 종장도 제2 음보가 두 음보의 합이라도 반복의 기준단위로 보면 종장도 장이라 부르는 행이며, 이 행에서 음보는 단지 특정유형의 율격에서 행(장)을 구성하는 기층단위이며, 시조라는 정형양식이기에 허용되는 규범적 형식에 속한다, 그리하여 복잡한 종장 제2 음보도 리듬이라는 자질로 보아 한 음보로 묶을 수 있고 초장과 중장과 함께 12 음보로 상정이 되는 의미가 되어 시조의 정형성을 확보할 수 있다는 말이 된다.

  그리하여 본인은 음수율을 파하여 음보론을 제창하신 정병욱 님이 주장하는 강약성 등시성 중에서 강약성은 존재하지 않지만, 등시성은 존재한다고 본다. 그리고 음보라는 말도 음보의 성질 크기나 수에 따른 다양한 구조화로 행의 내에서 다양성이 조성되기에 음보 설정이 필요 없는 프랑스 정형시에서조차 쓰면서 다양성을 보전하는 역할을 한다고 보아, 그대로 써도 아무런 하자가 없다고 본다, 한국 시가를 구성하는 율격 양식은 총 13가지로 모두 음보라는 말을 쓴다.

이러한 과정을 통하여 시조의 정형성에 대한 의문을 나름대로 풀고 있다. 그리하여 시조를 쓰는 이들 특히 초보자(초등학생들도 포함)는 앞의 복잡한 이론을 너무 어렵게 생각하지 마시고 괜히 머릿속에 떠오르는 '알음알이' 이론을 말하지 마시고 (자칫 오류에 걸려든다) 평범하게 그냥 자수율에 근거한 규칙을 따르면 별문제 없고, 다음과 같은 것만 유의하시라는 제안을 한다.

1. 시조 종장은 제2 음보의 특수성으로 제1, 3, 4 음보는 글자 수를 늘려 쓰지 않았으면 한다.
2. 시조의 한 장에서 글자 수를 늘려 쓰는 경우는 될수록 1회에 그치고 종장 제2 음보처럼 길게 쓰지는 않았으면 한다.(간결화된 5자 혹은 6자로 그치고 7자 8자는 삼가)
3. 3장 6구라는 의미를 살려 시조의 행은 가급적 3행 혹은 6행으로 하였으면 한다.
4. 장시조는 자유시와 변별력을 높이기 위하여 중장만 이음새 좋게 늘려 써서 장시조 본래 목적에 맞게 하여 3장이 분명히 구별되게 썼으면 한다.

시조를 잘 쓰기는 어렵다. 더욱이 잘 썼다고 칭찬받기도 어렵다. 가령, 시성으로 알려진 두보의 시를 '병자의 앓는 소리 같다고' 혹평하는 이도 있고, 『역옹패설』에서

'시는 만고에 떠들썩하게 할 수는 있어도, 혼자 앉아서 꼭 그렇다고 머리를 끄덕여 공감하게 하기는 불가능하다고' 말한다. 『용재총화』에서는 '최치원, 김부식, 정지상, 이규보, 이인로, 임춘, 이곡, 이제현, 이숭인, 정몽주, 정도전, 이색 등 모두가 일장 일단이 있는 작품들을 썼다'라고 말하고 있다.

앞의 설명은 창작의 세계가 얼마나 어렵다는 것을 짐작하게 하지만 시조 문학은 긍지 있는 민족문화이며 우리의 국민의 문학이니 대를 이어 계속 발전시켜 나아가야 한다. 그것이 바로 시조 문학의 자생성이다.

이번에 그동안 발표했던 83편의 작품을 혹은 다듬고 고쳐 다섯 번째 시조집을 폈는데 아직도 어렵고 부끄러운 생각이 먼저다. 발문을 써 주신 임종찬 교수님께 심심한 감사의 말씀을 올린다.

2025년 1월 1일
도봉산가에서 백승수

II. 금당벽화

Ⅲ. 대동여지도大東輿地圖

IV. 삼각산에서

V. 옛 책古書

I

가로수

가로수

길가의 가로수는 나름대로 꿈을 꾼다
봄바람 새초롬히 살갗에 와 닿는 날은
굳세고 맑은소리를 흔들리듯 풀어낸다.

감고 다시 감는 꾸리 같은 모습으로
인간사 희로애락 하나하나 감아내며
간추린 다정한 기억들 나이테에 묻고 산다.

삭막한 이 세상에 우뚝 선 가로수들
어여쁜 속죄양의 뿔과 같은 마음으로
우리네 긴 긴 이야기를 등불처럼 걸고 산다.

도봉산

태어난 그것조차 아예 없다 한다

푸르른 하늘가에 꽃구름 동동 뜨는 봄, 가을, 꽃과 단풍 무던히도 고운 산세, 보랏빛 노을을 따라 꿈을 꾸는 산이지만, 그 산이 산과 함께 밀어密語를 쏟는 중에 저 멀리서 바라보면 한 송이 목련 닮고 비스듬히 새겨보면 괴암 괴석 덩어리에, 자운봉 만장봉이 꽃사슴 뿔 같기로, 이억 년 전 중생대에 대괴大塊의 혼돈으로 무심중에 솟았으나 태어나지 않았으니 노병老病이나 죽는 일도 티끌처럼 일이 없기, 말하거나 갈고 닦을 그런 것도 잊는다며 오랜 세월 풍우風雨 속에 눈멀고 귀가 먹어 묵묵하게 앉은 재미 그렁저렁하다 하나, 나 같은 청맹과니 세상 사는 인간들이 백 년 살기에도 감투싸움 잇속 다툼, 눈만 뜨면 아귀다툼 저리도 버겁거늘 참으로 두 봉우리 태연하고 장엄하여 부끄러운 마음으로 코 싸쥐며 바라본다

밤이면 새하얀 이마, 달빛 아래 일렁인다.

꼰대 유감

먹잘 것 없는 찬에 어렵사리 살아가며
경기驚氣 잦은 너를 업고 잠옷 바람 뛰었건만
다 늙어 돌아온 말씀 꼰대라니 서글프다.

너의 처지 안 돌보고 내 속이나 편하고자
더러는 짜증 내며 상처 주어 미안하다
이제는 다 버리고서 네 말 대로 살겠노라.

무얼 좀 아는 것이 오히려 화근이니
객 적은 말 되풀이해 어렵게 아니 하고
괜시리 자리를 차지해 곤란하게 안 하련다.

꼰대는 안 죽는다, 다만 오직 유전流轉할 뿐
혹독한 세상살이 너도 한번 살아보고
이담에 나이 들어서 꼰대 되지 말아라.

눈사람 소녀상

하늘 땅 눈이 펑펑 꽃씨처럼 쏟은 언덕
그 누가 뭉치고 개어 소녀상을 만든 후에
소녀가 외롭지 말라고 개도 세워 놨습니다.

행여 추워할까 눈 목도리 털장갑에
모자도 씌워놓고 단장한 걸 바라보니
가슴이 상처 후비듯 쓰리고 또 아립니다.

망령妄靈된 제국의 꿈, 포화 속에 유린당한
한 많은 이 세상에 눈물이나 깨우려고
소녀들 어린 양처럼 그리 오고 갔을까요.

행복은 슬픔이랑 같이 섞여 있다 하죠
독립된 나라에서 자유롭게 살지마는
저렇듯 슬픔의 형상形像도 아직 곁에 남아 있죠.

무제

무심히 서랍을 여니 모기가 보이더라
모기약을 피하려고 서랍 속에 숨은 모기
그것참 기가 막혀서 말이 잘 안 나온다.

미물微物도 저렇거늘난 아직도 철부지다
지나간 많은 날에 실수한 일 뼈아파서
가만히 창문을 열고 손짓으로 내보낸다.

매듭

백의의 여인들은 손 맵시가 하도 고와
한 시절을 돌이키는 적적寂寂한 날을 받아
정감의 질긴 문양紋樣을 날빛처럼 엮어낸다.

각종 생활용품, 의류衣類 의례儀禮 장식粧飾용품
꼬여오는 아름다움 줄줄이 뽑아가며
어여쁜 타래를 지어 횃대 위에 내건다.

매듭으로 지어내는 삶의 가닥 그 가닥은
저세상 안내하는 번幡도 되는 수가 있고
여인의 정절 지키는 노리개도 된단다.

우리네를 잡아매는 매운 한을 줄여 내며
만지면 만질수록 애틋한 정情 샘이 솟아
온 세상 눈뜨게 하는 그런 매듭 없을까요.

입동

입동에는 치계미雉鷄米란 습속이 있었지요
입동 동지 제석除夕날에 마을 노인들 모셔두고
둥근달 기울 때까지 대접하던 우리 풍습.

형편이 어려우면 도랑 탕을 내었지요
늦가을 미꾸라지 살이 찐 누런 것들
가마솥 푹 끓여내면 그저 그만이었죠.

미풍양속 적어놓은 고전이 된 기록처럼
이날엔 동네 어른들 지성으로 모셔다가
탁주에 소찬이나마 차려보고 싶지요.

쇠똥구리

악이 받쳐오면 뭔 일인들 못 할 건가

타고난 억척으로 욕심껏 똥을 모아, 저보다 수십 배나
무거운 걸 굴리면서 딩굴딩굴 비틀비틀 우로 좌로 옮겨
가며 살며시 자각몽을 홀로 꾸는 살림꾼을, 장하다 해야
하나 미련하다 해야 하나, 내가 크게 배운 바는 존경하
는 스승님이 세 계단 못 넘는다 두 계단씩 오르거나 그
것도 아니 되면 한 계단씩 오르는 게 진정한 용기이고 삶
의 진실이라, 사람이 발 뒤 들고 백 발 가기 어렵다며 인
생을 만만하게 보지 말란 이야기가 쇠똥구리 살펴보며
머리 숙여 생각하되 일에 욕심 많은 자식을 나무라며 어
머님이 타이르신 그 말씀이 떠오른다

한 지게 두 짐 지고선 못 일어나는 뻡여.

우주 시대

혼돈의 우주에는 거꾸로 선 거목巨木 있어
우주수宇宙樹라 명명命名하는 신화神話속에 남은 흔적
세상을 다 덮을 은총이 별빛같이 반짝인다.

망망한 창공을 뚫고 비상하는 로켓처럼
까마득한 마음으로, 불 밝히는 그 철리哲理는
큰 나무 뜻에 알맞게 살아야 할 소명이다.

나만 옳다 싸움 말며 남의 말도 엿들으며
내 것도 귀하지만 남의 것도 귀히 여겨
마음은 광대무변廣大無邊의 공간 속에 살 일이다.

너와 나 우주의 자식, 별빛으로 태어나서
나름의 작은 우주 울려오는 여음 따라
폭넓은 형형색색의 수를 놓듯 살 일이다.

서산 마애불

아아, 서산 마애불 삼존불이 활활 탄다

충청도 서산 운산, 가야산 절벽 아래, 반가상 본존 여래상 보살상 삼 부처로, 아득한 백제 시대 눈 밝은 어떤 이가 교묘한 마음가짐 부처 모습 본을 받아, 세세하게 새긴 뜻이 절로 말을 이루는데, 사람들이 부처 모습 거울처럼 생각하여 제가 지닌 자기 얼굴 거울에 비춰보고, 찌든 얼굴이나 저리 밝게 만들어서 세상 사람 그 얼굴을 닮게 만들지니, 무엇을 배우거나 남의 힘을 빌지 말고 연꽃 같은 미소 짓되 참마음 뛰어넘는, 그게 그대 인생이고 그대의 본체라며 굳게 새기라는 돌의 미소 말씀이다

백제적 얼굴이 빙그레 꽃가지에 걸려 있다.

영금보기

주막에서 술에 취해 잠시 잠깐 졸았더니
이런 데서 주무시면 입이 돌아 나간단다
주인이 얼굴 찡그리며 영업 방해 말란다.

젊은 자네 이 사람아 부모님도 없냐니까
자기는 고아라서 그런 사람 없다 한다
없기는 왜 없을까만 화 돋우는 말이렸다.

돌아오며 생각하니 내가 참, 한심하다
초라한 내 이름과 사는 모습 부끄러워
당분간 술도 멀리하고 웃음 잃고 지낸다.

분청사기

사기장沙器匠이 돌아오면 춤이라도 출 일이다
임을 반기듯이 얼싸안고 울 일이다
사라진 조선의 얼을 되살리라 할 일이다.

그건 개개인의 꿈이라고 볼 수 없다
자라병 또는 매병, 편병 등의 이름이나
핏빛도 아로새겨낸 기적이 이 아니냐.

회색에다 흑색 빛을 백토 표면 장식하여
조선조 아침 하늘 부옇고도 하얀 자태
그 여명 햇살로 뚫은 우리네의 얼굴이다.

지금은 잃어버려 사금파리 되었대도
얼룩무늬 돋구어서 분장으로 되살려내
찬란한 백의의 빛을 다시 펴고 살 일이다.

중랑천에서

진실로 소리와 빛을 다 담으면 물이 되나
널따란 허공마저 거꾸로 다 비치고
서울과 경기의 경계, 소沼가 되어 잠기는 물.

창동倉洞 부근 한내(漢川)라는 시계視界 밖의 이야기가
되돌려 남류하며 형형색색 빛이 나서
그 속에 사계四季가 흐르고 내가 여기 서 있다.

중랑천 냇가에선 삼갈 일 하고 많다
흐르는 명경지수明鏡止水 지난날을 반추하다
물속에 까마득히 잠긴 구름 속에 빠져든다.

만파식적萬波息笛

설화가 된 해룡海龍 천신天神, 그 대나무 그림자로
화和를 이룬 신적神笛 이뤄 은은하게 소리 내니
저 멀리 뭉게구름도 오며 가며 듣더란다.

서라벌 푸른 하늘 쟁그랑 금도 내고
먼 수평, 한 점 섬도 동그랗게 가라앉혀
들끓는 만파를 잠재울 그런 소리 나더란다.

더러는 파도 속에 새 울음도 건져 내고
죄 많은 온갖 목숨 보듬고 또 다독이던
어머니 자장가 같은 이상한 그 피리 소리.

나는 지금 등을 켜고 이 겨울을 숙직宿直하다
전설 속 꽃이 된 꿈, 마음 귀로 짐작하며
아슬히 들릴 듯 말 듯 그 소리를 듣고 있다.

팔자八字

출생한 연월일시 그 간지干支 여덟 글자

그것이 사람 팔자 운수 녹명 되었다니, 누가 그걸 꽃 가꾸듯 바꿀 수도 있다 치면, 가령 흰 모란에 쇠똥 거름하면 살빛 모란 피어나서 살빛 받아 반짝이고, 이듬해 살빛 모란 쇠똥 거름 다시 주면 자색紫色 아롱다롱 새 꽃으로 피어나고, 자색 모란에다 말똥 거름하면 살빛 모란 되어 변색으로 피어나고, 살빛 모란에다 말똥 거름 다시 주면 또다시 흰 모란이 벙근다고 이르나니, 쇠똥 말똥 효험 보듯 운명 고칠 약 있다면 그럭저럭 여덟 팔자 고쳐봄직 하련마는 그것 비록 똥이라도 거널 날까 겁나는데

인간사 흥망성쇠에 똥 이야기 웬 말이냐.

보름달

더도 덜도 말고 선거철만 같아라

우리 같은 농투성이 무슨 재미있을까만 세월이 돌고
돌아 선거철이 다가오면 내 노라 소리치던 유명인사 나
타나선 쇠잔한 우리 손을 만지고 또 문지르며, 살기에 그
얼마나 노여움이 많으냐며 자기만 찍어주면 아무런 걱정
없다 농사 빚도 감해 주고 쌀도 사 주면서 다리도 놓아
주고 취직도 시켜주고 원한다면 그 무엇도 아낌없이 다
해 준다, 저 건너 그 누구는 사람 됨이 나쁘니까 절대 그
를 찍지 마라, 우리 모두 다 망한다, 이제 당신들은 생고
생 벗어나서, 부자로 잘살 일만 알곡같이 남았다며, 그건
모두 자기 덕에 그런 줄 아시라며 전에도 그랬지만 이번
엔 정말이다, 이현령耳懸鈴, 비현령鼻懸鈴을 괴이하게 틀을
잡아, 속고 또 속여오기 이골난 말이지만, 보름달 비쳐오
듯 천지가 환희 트여

굶고도 배가 부르듯 야릇하고 흐뭇하다.

31

백일몽白日夢

지나간 많은 날이 옥과 같이 어여뻐도
이뤄내지 못한 일들 그걸 도로 이루고자
이 대낮 물고기 눈으로 백일몽을 꿉니다.

II

금당벽화

금당벽화

사불 정토도淨土圖로, 도상圖像 이룬 혼을 깨워
오랜 세월 풍파 속에 색은 삭아 바랬지만
기러기 창공을 건너듯 그림자가 일렁였다.

호류사 금당벽화 태산처럼 켜 논 등불
그린 임 가셨어도 눈물 같은 형상 이뤄
정좌한 부처님 보살님 꽃씨처럼 눈부셨다.

인간사 바람끝에 손마디가 시려와도
목숨도 공경하면 망울조차 푸르러서
울리는 쇠 북소리로 산빛 물빛 다 감았다.

우여迂餘와 곡절曲折 속에 소실燒失된 그 벽화는
비천상飛天像만 제외하고 환영으로 남았대도
지금도 담징의 이야기 아른하게 들려온다.

풍랑 주의보

어제는 빚쟁이가 날 벼르며 왔다 갔고
함부로 쓴 신용카드 마누라 다 알게 되고
두 아들 싸움에 얽힌 채 풀어지지 않누나.

구멍 난 틈새에는 쥐들이 엿을 보고
시계는 약이 다해 스스로 멈춰서고
주소를 틀리게 부친 편지 지금 어딨을까.

정화수

새벽 별빛 아래 떠 놓는 맑은 샘물
한 사발 얼이 서린 노을 같은 탑이거나
역력히 천풍天風을 맞아 울고 있는 비파니라.

출타한 아들이나 지아비를 비옵나니
등과 같이 피어나서 국화 향이 얼룩지는
예언자 사제司祭와 주의呪醫, 그걸 담는 물이니라.

아무런 맛 없음이 지극한 맛을 내듯
돌아온 그 정결함에 성스러운 얼이 서려
산천도 아파할 정에 아침 해가 돋느니라.

술타령

 술이 좀 달라 뵈니 불나키 와 자시기유

 건너 마실 김 서방은 먹성도 세지마는 한번 구시렁거
려 새끼 세 발 꼬는데, 여우 같은 딸래미 여의고 나더니
만, 요새 제법 숙금하게 사는 모양샌데, 살랑살랑 바람 불
고 비가 좀 오는 이날, 사장이 찡그려도 용뿔 뺄 도리 있
나, 자꾸 먹자면서 기별 오니 워칙혀유, 그렇듯 변명하며
오기는 오겠지만 사장인 아버지는 손녀에게 이르기를 애
빈가 잡것인가 시방두 장 술고래냐, 슬그머니 화를 내며
입 비틀며 이르기를, 어떤 엠병하다 용 못 쓰구 디질 것
이, 내등 몰라 하더니만 뎁쎄 지랄일세, 한숨으로 돌아서
서 줄담배를 피겠지만, 그나저나 문제인 건 안주가 부실
한 겨, 건건이라도 있어야 술이 목에 넘어가지, 도끼로 소
를 잡아먹을 수도 없고 말여

 그래도 주둥이 험한 이들 술은 곧잘 마신다.

미아迷兒

북적이는 그런 곳 아이는 왜, 데려가나
기왕에 갔다 치면 좀 더 잘 보살피지
한 눈판 짧은 시간에 연기처럼 사라졌다.

불쌍한 어린 것아, 지금은 어딨느냐
해수욕장 다 뒤지고 방송하며 찾은 아이
눈 흘겨 이 때려죽일 것, 왕 주먹이 세워진다.

동물농장

닭과 오리, 염소 거위, 돼지 또는 소와 양
타고난 어린 목숨 무심한 그 짐승들에
조용히 밥을 퍼주는 오직 사람 한 사람.

천생의 제 목소리로 온갖 소리 들리는 곳
그 소음 다 듣는 일을 무던하게 참아가며
어쩌다 혀를 차며 내는 기이한 그 웃음소리.

어쩌면 주인 닮은 푸른 하늘 하얀 구름
사람들 온갖 비행 그 소음을 비웃으며
사는 게 그게 뭡니까, 혀를 차지 않겠는가.

수락산에서

겹겹 쌓인 봉우리는 연꽃같이 펼쳐지고
백운白雲은 둥둥 떠서 포연같이 솟아올라
아침 해 영롱한 빛이, 봉화처럼 퍼집니다.

술래 잡던 맑은 바람 산정으로 타오르고
저편 바다 물소리도 발밑에 와 앉을 때는
임진년 노원평 전투 함성들이 들립니다.

우리 시백詩伯 천상병 님 시문들이 깨어나고
도봉산 불암산에 북한산 또 소요산이
약수굴藥水窟, 자재암自在庵 너머 합죽선을 펴듭니다.

숱한 세월 사는 길에 인생은 곧 꿈이지만
설록차 한 잔 속에 세상만사 재어 뵈듯
산 둘레 십리 길 저절로 신선도를 이룹니다.

이蝨 또는 잡념

내 몸에 산다지만 넌 내 것 아니로다

가만히 있다 보면 슬며시 기어 나와 따갑고 간지럽고
군시러워 못 사느니, 염치없이 은근슬쩍 안과 밖을 휘두
르며 꿈나라 별나라를 갔다 온 듯 허둥대고, 괴성을 질
러대며 막걸리 한 동이를 마시고 또 마시고 취하고 또 취
해서 이 밤이 다 새도록 놀아보자 수작이니, 뜨거운 물
한 사발 머리에 끼얹으랴 참나무 몽둥이로 매타작을 퍼
부으랴, 좌불안석 너야말로 객 적은 친구이니, 작년에 왔
다 갔던 각설이도 아닐 테고 모양도 볼품없이 빈축 맞을
일만 많아, 조신 없는 너야말로 한 마리 이蝨 아니더냐

다 늙은 호박이라면 삶아라도 먹어주지.

단수 두 편

보리밥

요컨대 그대 말씀 과조科條인양 따른다면
가마솥 하얀 쌀밥 포식해도 좋겠지만
아니면 꽁보리밥이나 씹고 살라 그거죠.

고추장

삶이란 허물 속에 저질렀던 많은 과오過誤
아프고 쓰라려서 앓아눕고 싶은 날은
밥 푸고 고추장 비벼 한술 뜨며 견디시라.

남대문

얼마나 많은 이들이 이 대문을 오갔으리

서울 도성 남쪽 정문 숭례문인 남대문은, 벽돌로 된 여장女墻 협문夾門, 판석板石 또는 우물마루, 지붕 끝에 토수吐首 달고 추녀마루 잡상雜像이요, 용머리와 용마루에 독수리 머리 올린, 팔작지붕 연등 천장에 국보 제1호이며, 오랜 역사 속에 낮달처럼 뜨는 정은 무심으로 등이 되고, 악기 같은 줄이 되어 눈 감은 사람 속을 뜨겁게 일궈 내며 정좌하는 모습으로 혀를 차며 앉았으며 문이 아닌 아픈 세월 허물 벗고 탈도 삭여, 울고 또 울어가며 탄식하는 모양대로

주마등, 주마등 꿈인 양 역사 속을 뚫고 있다.

우담바라

삼천 년에 한 번 핀다는 지혜의 꽃, 우담바라
풀잠자리, 알을 보고 그거라고 우기다가
동그란 우담화 열매를 그거라고 말을 한다.

우리 같은 사람들은 타고난 제 인연으로
일렁이는 상서로움 귀동냥에 들어 두고
여래나 전륜성왕 덕이 꽃이 되길 빌 뿐이다.

삶이란 백자 같아 태깔이 곱다지만
귀한 보살핌을 꽃을 보듯 대하면서
죄 많은 한 생 업보나 가려보고 싶어진다.

금속활자

합금 낱자들이 찬찬히 들어앉아
그들이 가진 뜻이 꽃물이 든 모양새로
직지경直指經 고금상정예문古今詳定禮文 자문을 이루었다.

돌아보면 여말麗末 하늘 푸르름이 새어 나고
계미자 갑인자에 세종대왕 꿈도 새겨
자면字面의 사각기둥에 양각들이 빛을 낸다.

책 속에 내가 있고 글을 박아 너 있으니
배우고 익힌 글자 크고 작은 얼이 서려
삼천리 방방곡곡에 글 읽는 소리 난다.

이 세월 너른 바다 노도 같은 역경에도
백의들의 문명으로 돛 세우고 노를 젓는
최고最古의 금속활자들 봄빛같이 눈을 뜬다.

땅강아지

가난을 꽃길인 양 펼쳐놓은 농부 닮아
땅 파먹고 사는 일이 부끄러운 모양새로
길 위를 달리며 구르며 달아나는 땅강아지.

팔베개로 지쳐 누운 눈이 시린 시골 산야
별빛처럼 쏟아지는 서러움에 목이 메어
저 혼자 몸부림치며 우는 모습 보인단다.

겨울 지난 벼랑 끝에 만정화滿庭花 핀 봄이 와도
환한 무늬 속에 흑갈색 털을 덮고
지금도 고향 집 어디 울고 있지 않을까.

금줄

혹시 일이 잘못될까 신을 세 번 보던 산모
무사한 출산으로 고고지성呱呱之聲 들려오면
집안은 안도의 숨 쉬며, 대문 앞에 금줄 건다.

둥글고 환한 달빛 집을 환히 비추는데
한 줄기 소명 담아 왼발 새끼 꼬는 것은
태어난 아기를 위해 수호하던 풍습이다.

무너진 성벽 닮은 친한 친구 금줄 치고
닿으면 쑥뜸 뜨듯 내 몸이 다 뜨겁도록
인생을 잘못 산 나도 내게 금줄 쳐야겠다.

꽁초에 대하여

돈 있을 땐 몰랐더니 없어 보니 너라 하듯
탱자나무 그 가시에 찔려 걸린 시름들은
피우다 함부로 떨궈진, 담배꽁초 닮았다.

창 너머 귀뚜리가 애절하게 우는 밤도
아쉬운 꽁초 한 대 별맛이라 이르지만
끝내는 그렇게 태운 인생 같아 슬프다.

지나가는 늙은이도 정에 얽혀 살았기에
연륜이 곧 재산이고 타다 남은 향 있으니
더러는 잔치 앞 좌석 그도 모셔 주시라.

III

대동여지도
大東輿地圖

삼각산에서

대동여지도大東輿地圖

눈을 뜨면 팔도강산 손금처럼 환희 트여

 이 나라 지명들이 19판 22첩, 한반도 형상 아래 동서남
북 잇대어서, 병풍식 접은 모양 길게 길게 늘어지고 교차
점 맥을 이은 얼기설기 샛길이고, 흑과 백의 매끄러운 바
둑돌 놓아가듯 사방으로 흩어져서 펼쳐진 첩첩으로, 하
늘가 고즈넉이 은하수가 흘러가고, 각을 세운 손끝으로
빗금 죽죽 그어지고, 빗금마다 산과 강이 높고 낮게 들어
앉아 백의민족 마음 닮은 꽃씨들을 떨구는데, 그대는 어
느 나라 아비 어미 자손인가 내심에 수를 놓아 그 내력
을 이뤄가며 곧거나 가늘거나 혹은 굵은 곡선으로 산맥
은 더욱 굵게 물의 세력 가늠하게 마침내 그림으로 그물
처럼 얽어진 채, 한 필 비단같이 마름질한 국토이니, 한이
서려 아름다운 나라 얼굴 그것이냐, 장부 평생 따라다닌
달무리 그림자냐

 아니면 꿈의 얼룩빼기 고산자 님 눈물이냐.

논 이야기

아버지의 노름빚에 빼앗긴 논마지기
그 논을 되찾아야 어렵사리 버티기에
한평생 병 앓이 몸으로 시름시름 사신 모친.

사방이 산에 싸인 움막 같은 오두막에
자식이 다섯이라 손발이 다 부르트며
새처럼 둥지 속에서 쥐불 때고 지냈었다.

언젠가 내가 커서 돈을 많이 벌게 되면
잃어버린 논마지기 내가 찾아 드리리라
맹세야 그리했지만 허사 되고 말았었다.

어머니의 서럽고도 가여운 그 소원에
단풍잎 오색무늬 고이 덮는 가을이면
쓰리고 저린 생각에 밤에 잠이 안 온다.

호박

할머니 고함으로 온 동네 난리 났다

어릴 적 돌아가면 고향 집 바로 곁에 따로 홀로 지내시는 할머니 계셨나니, 그 할머니 정갈하고 살림 솜씨 무던하여, 가끔 면사무소 배급도 받으면서 땔감도 구해오고 텃밭도 가꾸는데, 농사일 이골이나 한번 무얼 가꿨다면, 오이 호박 상추 배추 남 달리 실했는데, 심술보 혹 욕심쟁이 누가 그랬을까, 밤에 슬쩍 따간 것이 꼬리를 물었느니, 아침에 일어나선 차마 분에 못 삭여서, 동네 사방 둘러보며 목청껏 소리치되, 저승에서 막 잡아갈 징그러운 원수 놈아, 급살 맞아 뒈질 놈아 벼락 맞아 뒈질 놈아, 그 호박 따가서는 볶아 먹고 썩어지고 배가 터져 자빠져라, 사람 잡을 이 도둑놈 내 손에 잡히거든, 잡아먹고 뜯어 먹고 칼로 오려 죽이리라, 밤마다 남새밭을 뭣 더듬듯 더듬으면

아무리 제 계집이라도 넌더리를 칠 거다.

색맹色盲

태어난 본뜻으로 난 색맹 아니지만
지어먹은 마음으로 색맹 되고 싶습니다
하늘이 바다가 되듯 그리 살고 싶습니다.

늙은이 귀가 먹은 엄살을 부리듯이
색 구별 못 한다고 발뺌을 해가면서
그렇게 홀로 셈하며 살아가고 싶습니다.

못 본 척 안 들은 아주 달리 뵈는 척에
나이 들어 그만큼의 아량이나 키워가며
꾀병을 부려가면서 늙어 가고 싶습니다.

바늘

가늘고 뾰족하게 알몸으로 태난 바늘
반짝이는 모양새로 귀를 하나 달고 있다
그 귀에 실을 꿰어두면 하염없는 길도 간다.

구멍 난 양말 한 짝 기워내는 이 밤에는
아픈 상처 끝에 새살 돋아 가라앉듯
단절된 끈끈한 실이 되돌아와 살아난다.

말도 많고 탈도 많은 세상이야 어둡지만
깎음질 새 발 시침 감침질로 공그리면
불빛에 날랜 몸짓들 유리처럼 반짝인다.

바늘이 이루어낸 수품제도手品制度 침선고하針線高下
손의 그 동작으로 천수관음상 절로 이뤄
한 시절 살아온 이치도 여기 와서 앉는다.

노송 老松

부농가 형제 중에 큰아들만 점을 찍어
공부는 뒷전이고 농사나 가르쳤다
객지로 튀는 걸 막고 고향 선산 지키라고.

사마천의 관산關山에 큰 소나무 하나 있어
고향을 지칠 나무 굽고 비뚠 그 나무가
큰아들 점지한 깊은 뜻 그와 같다, 여겼으리.

굽고 휘어져서 목재가 될 수 없어
버려둔 채 오래 남아 마을을 지켜내며
아득한 하늘을 이고 혼자 버틴 푸른 노송.

스스로 운명이라 여기시며 사신 형이
업어 키운 동생들이나 잘되라 하신 뜻에
동생들 형님을 보면 절로 고개 숙인단다.

불빛

밤 기차 타고 가면 꿈을 꾸듯 포근하다
어둠 거쳐 불빛들이 다리 놓듯 밝아오고
그늘진 어둠 속에는 초목들이 잠을 잔다.

하나, 둘 늘어나는 등불들의 반짝임에
잃어버린 옛날애기 소곤소곤 들리는 듯
생명의 푸른 숨결이 그 안에서 들려온다.

애처로운 세상일이 풍문인 양 헤매다가
있는 것 없는 것 다 불이 되어 타는 지금
내 삶도 하나의 불빛에 같이 타는 것이 된다.

지난날 기억들은 종이처럼 접어두고
다녀온 길 생각하고 돌아갈 길 헤아리면
저절로 무상한 불빛 가슴안에 들어온다.

마이산馬耳山

땅의 조화 속에 솟아오른 두 귀 마이馬耳
멀리 듣고 바로 듣는 모양새로 보이나니
말 아닌 사람의 귀가 저 정도는 커야 하리.

아침 해 마주하고 저녁노을 우러르며
빼어난 산세 속에 살아온 세월의 끝
그대 그, 휘어진 허리 숨이 차듯 허허로워.

모래알 진흙으로 퇴적층을 이뤄낸 뒤
구멍 송송 뚫린 자리 산새알이 깨어나서
한적한 수목의 꿈을 노래 불러 세우느니.

갈맷길에서

오르는 길 내려오는 길 서로 같은 길이오며
굽은 길 곧은 길도 서로 감싼 모양새니
인간사 유곡절해流曲節解가 일체 다 길입니다.

부산 지형 둘레둘레 칠 백릿길 줄 선 이곳
손금이 환히 뵈듯 바람 소리 지나가고
바다와 작은 섬 따라 날빛 환히 빛납니다.

우리가 사는 길엔 홀로 울며 가야 하는
서럽고 아픈 눈물 장강長江 함께 흘러가도
그래도 한번 살아볼 그게 바로 삶입니다.

목숨은 널어 말린 빛이 아닌 소리 너머
한 시절 지나가고 다음 세대 오기까지
창망한 갈매기 노래 길에 가득 넘칩니다.

모래알처럼

모래는 모래끼리 이야기를 하고 있다
햇빛에 반짝반짝 윤을 내며 말을 한다
그 말씀 아무도 못 듣는 그들끼리 이야기다.

하얀 사구沙丘 가득 쌓인 모래알이 정겨웁다
정갈하게 씻은 몸을 알알이 드러내며
티끌도 다 털고 앉은 깨알 같은 모래알.

고운 무늬 유리같이 얼룩진 알갱이는
얼마를 갈고 닦아 저리 맑은 빛이 스며
복사꽃 환한 봄날의 노을처럼 물드느냐.

어렵사리 뿌리 박은 한 그루 나무처럼
사람으로 태어나서 스스로 앓는 나는
아직도 모래 못 되고 돌인 것이 부끄럽다.

빛

은행 대출 다 갚으니 허무하고 쓸쓸하다
떠오른 하루해를 외면하듯 눈 감으면
저 강물 그 너머 마을 뻐꾸기도 울고 있다.

그 울음 나의 설움 혼자 삭인 고독처럼
빚져 온 많은 날과 갚아 온 나날들이
등불을 켜 놓은 밤인 양 우두커니 서 있다.

금전만이 빚이더냐 은혜도 곧 빚 아니냐
더 늦기 전 철이 들어 그 은혜 더러 갚고
내면에 골골 들려오는 양심 소리 듣고 싶다.

구슬

아버님 날 낳으시고 어머님 날 기르셨듯
삶이 비록 외로워도 꿈 하나는 남는 이력
그 마음 갈리고 닦여 구슬같이 둥급니다.

그것은 혼자 감춘, 말마末摩 같은 것이 되어
초가을 벌레 울음 애간장이 타더라도
구슬은 스스로 참으며 제 무늬로 빛납니다.

제후를 봉할 때 쓰는 규圭는 비록 아니라도
삶의 긴 긴 여정 이야기로 간직하며
창망滄茫한 애증愛憎 그것도 그 안에 다 쌓입니다.

무지개

장롱 속에 감춰뒀던 형형색색 실타래다
바위산 둘레둘레 얼룩진 무늬들은
변하는 환각으로 솟아 굴절 반사 분산이다.

누군가는 못 다가갈 흔적으로 보았대도
태양 그 반대편에 호의 모양 원형 모양,
보는 이 시각차 따라 보였다가 안 보인다.

영시靈視나 명상 같은 절대의 무형 무상
안으로 뻗어 있는 무한 개방 알고 보면
유와 무, 선 그어 지은 숨결 같은 것이다.

낮은 위도 아래 그림자가 말을 하되
어여쁜 문채文彩를 색실 같이 다듬어서
정말로 살만한 세상을 만들자는 것 같다.

귀촌의 꿈

하루갈이 텃밭에다 초가 한 채 앉혀놓고
소꿉놀이 세간일랑 그 안에다 부린 후에
청청한 하늘 구름 빛 우러르며 살고 싶다.

청산 아래 온갖 꽃을 내 손으로 경작하며
농주 한 사발을 땀 식히려 마셔가며
세파에 길들인 가난 길들이며 살고 싶다.

도연명의 귀거래사歸去來辭 조선의 강호가도江湖歌道
치사객致仕客의 한적閑寂이라 말값 치룰 일이지만
사나이 얼룩진 꿈이나 벼려가며 살고 싶다.

어릴 적 잃은 고향 꼬부랑 길모퉁이
무거웠던 청운의 꿈 망태에다 담아놓고
우는 새 흐르는 구름에 밤송이나 줍고 싶다.

도토리

녹빛의 계절은 지나, 가을 오는 산기슭엔
머나먼 전설 같은 향 내음이 되돌아와
알갱이 통통 무르익는 도토리로 여문다.

산허리엔 핏빛 단풍 풀벌레 우는 날엔
오래 앉은 빈 마음에 샛바람은 잦아들고
무게를 견디다 견디다 하나, 둘씩 떨어진다.

어린 목숨 가꾸는 건 긴 세월의 영고榮枯지만
다시 피울 푸른 꿈을 창검인 양 감춰 두고
어느 집, 식구들처럼 깍지 벗고 누워 있다.

비록 작은 열매지만 귀인의 보석인 양
사람들 주워가고, 쥐도 물고 가라면서
먼 하늘 잠긴 노을에 태연스레 앉아있다.

비

간밤에 오는 비가 마을을 다 뒤집더니
동편 하늘 바닷가에 구름이 밀려가고
어느새 비가 그치고 하늘 맑게 개었다.

이백 두보 강촌 살아 말마다 다 시였지만
하늘은 너른 허공 비 뿌리며 시를 쓴다
주르르 주르르 쏟아도 그 뜻은 잘 알 수 없다.

내 목숨 긴긴 여정 구원의 터전 위에
약속의 말씀인 양 초목은 번성하고
어린 새 닮은 이파리 푸른 눈을 깜박인다.

비 그친 텃밭에는 파종의 씨 넣어야지
묵혀둔 농기구를 하나하나 점검하며
새 생명 푸르른 은총 경작하는 꿈도 꾼다.

코로나 주사

병원에 오며 가며 통증으로 시달렸다
차디찬 몸속 관절 뻣뻣함에 굴신屈伸 못해
맞고 난 그 후유증에 꿈자리가 사납다.

앞산 바위 틈새 찬 서리가 앉은 그 날
상박골 염증 하나 이탈하여 일어서고
소름은 되돌아와서 골골 틀어 앉았다.

날 새면 쉬엄쉬엄 약도 좀 챙겨 먹고
단장에 기대가며 창포 공원 찾으려니
혹독한 겨울 추위가 바늘같이 쑤셔온다.

IV

삼각산에서

삼각산에서

잘생긴 사람보다 실한 사람 구하듯이
서울 아침 안개 뚫고 구름 또한 헤집고서
마침에 불끈 솟아난 백운, 인수, 국망봉.

무학 스님 터 굽어봐 나라 희망 일렀었고
김 학사님 떠나실 때 산을 보고 울었다는
사슴뿔 닮은 봉우리들 봉화처럼 빛난다.

험준한 경사 암벽 봉우리 주축으로
사방으로 도회 풍광 들꽃인양 마주 보며
나목들 정에 사무쳐 바람 속에 나부낀다.

내 생애 끝자락에 염원이나 담아내듯
인간사 공명과 영화 까마득히 내려놓고
벼랑에 솟은 바위 옆, 게서 잠깐 쉬고 싶다.

정자나무

오늘처럼 날씨 좋고 서늘한 바람 불면
태어난 시골 마을 정자나무 보고 싶다
수백 년 살아온 나무 그늘에서 쉬고 싶다.

봉황은 상서롭고 아름다운 상상의 새
죽실竹實을 먹고 살며 오동梧桐에 깃든다는
그러한 오동은 아녀도 달빛 싣던 정자나무.

넓은 들 한가운데 풀피리 소리 나듯
논에서 잡초 뽑으며 땀 흘리던 농부들이
그늘에 새참도 들고 잠도 자던 정자나무.

나무도 사람 같이 홀로 늙어 간다지만
순박한 고향 사람 보고 싶은 생각으로
오늘도 아픈 향수가 그곳에서 놀고 있다.

일상日常

난 네가 싫거든 하는 단막극을 보면서
껌을 씹은 채로 신문 잡지 읽어 내고
식구들 행동거지를 안 놓치고 다 본다.

머릿속에 가지가지 설계도를 그려가며
주말에 다녀올 곳 비용에도 신경 쓰고
그 사람, 참 나빠 하면서 이 메일은 보낸다.

세월은 거침없고 사는 일은 번잡하다
얽어진 그물 속에 갇혀 버린 사슴처럼
나 아닌 허수아비가 내 생애를 살고 있다.

소문

사람 잡는 그 무엇은 칼이나 창 아니다

처녀 자매 자는 방을 침방侵房했단 소문으로 아버지
거품 풀며 독이 오른 얼굴로 이제 이 집안은 더이상 볼
것 없다, 동네방네 소문나서 시집인들 가겠느냐 여러 말
귀찮으니 앞 저수지 찾아가서 그냥 같이 풍덩 빠져 죽고
말자 말을 하니, 딸들 손을 꽉 잡힌 채 애원하듯 말을 하
되, 우리는 억울하나 그냥 죽고 말겠지만, 아버님은 남으
셔서 철부지 동생이랑 어머니를 보살피란, 눈물 어린 그
말씀에 눈시울에 붉어지며 잡았던 손목들을 탁 풀고 돌
아오니 생사람 여럿 죽일 소문 정말 무섭더라

요즘도 이런 소문들 마구 돌아다닌다.

풀벌레

쓰르라미 울고 간 곳 풀밭 속 연주회다
밤이면 오색 음이 사방으로 울려 퍼져
댕그랑 우는 소리가 귀를 타고 흐릅니다.

삐리리 데굴데굴 구르면서 내는 소리
온갖 타악기와 건반악기 현악기들
옥구슬 금구슬만큼 쟁강쟁강 울립니다.

음으로 섞여내는 그 소리를 들어보면
소리가 빛이 되는 눈송이로 펼쳐져서
이 나도 한시름 거두고 눈송이에 묻힙니다.

소리 속에 힘에 겨운 세상사 다 보입니다
사는 일 서러워서 울며 내는 그런 소리
그중에 내 소리 섞여 다 같이 퍼집니다.

활

장하다는 동이족의 후예로 태어나서
일곱 살 때 자작궁시自作弓矢 백발백중百發百中 시킨 주몽
그 주몽 대를 이는 자들 올림픽에 다 모였다.

김 주몽 이 주몽에 박 주몽 무슨 주몽
휘어져 나아가며 굽은 허공 뚫는 활로
체증을 다 뚫어내듯이 가운데를 맞힌다.

환호 잔치 물결 속에 조상님들 얼굴들이
넋으로 다가와서 물끄러미 지켜보다
파안破顔에 대소大笑하시는 환상들이 보인다.

두부

갓 건져낸 두부에다 김치 볶고 간장 떠서
막걸리 한 사발에 젓가락질 한 입 뜨면
팔진미八珍味 오후청五侯鯖 그것도, 곁에 나가 앉습니다.

겨울철 노인 찬은 된장찌개 젤입니다
잘 풀린 된장에다 두부 송송 썰어 두면
푸른 산 깊은 골짜기 쑥 내음이 풍깁니다.

세상을 유랑하는 콩과 같은 온갖 시름
그것을 죄 모아서 맷돌 돌돌 갈아 내면
허허한 살림살이가 솥 안에서 끓습니다.

외롭고 쓸쓸하면 두부나 만들어요
비지 빼고 남은 회한 간수 치고 저어가면
환하게 트이는 맛이 혀끝에서 녹습니다.

사사師事

원수가 곁에 있어 네 거동 다 보아가며
트집 잡을 온갖 시비 안 걸리게 글을 써라
쌍창에 한지 바르듯 맑고 밝게 고쳐 써라.

까만 비단에다 금싸라기 뿌려놓듯
글에서 빛이 나게 다듬고 또 다듬어
줄과 줄 가로 세로가 딱 맞도록 만들어라.

글에 얽힌 쇠사슬을 너 혼자서 풀어내고
미망迷妄의 답답함을 앓아가며 두드려서
마침내 자연과 함께 어울리게 하여라.

글은 곧 구원이며 기원이며 자비니라
동動과 정靜 대大와 소小를, 원遠과 근近 그것마저
어쩌면 잠시 모순되게 뒤바꿔도 보아라.

언쟁

두 아이가 싸움하고 네 아이는 구경하며
싸우고 또 싸워라, 이기는 자, 내 편이다
은근한 마음 한 구석 속으로 외칩니다.

닭이 우선이고 달걀은 다음이며
창이며 방패 얘기 곁들이는 그 바람에
세상은 평화라는 것이 아예 없습니다.

말로 다툰다면 말이 자꾸 길어져서
말이 말을 낳고 씨를 뿌려 퍼지기에
장마에 빗물 쏟아지듯 걷잡을 수 없습니다.

하늘과 땅의 지혜 다 모아도 티끌 같고
시비 불러내야 도루묵이 된다면서
해종일 제비 한 쌍이 지지배배 웁니다.

어항 만들기

생명이 있는 곳은 항상 맑고 고요한 곳
빛도 조금 가려내어 숨을 곳도 만드시라
그 누가 우릴 만들어 풀어놓아 살게 하듯.

평생에 내 집 한 채 못 짓고 사는 나는
살아 있는 공간에다 모래 자갈 물풀 깔아
고기나 유연히 사는 그런 자릴 만든다.

고기를 풀어놓고 다슬기도 넣어주되
그 다슬기 늘어나서 홀로 감당 못 할 때는
들여온 연못을 찾아 방생하여 보낸다.

자유를 잃었기에 외로 갇힌 물고기들
외롭고 쓸쓸해 보여 혼자 내뱉는 말
사는 일 별것이더냐 나도 그리 산단다.

천자문

고루孤陋하고 과문寡聞하여 어리석고 또 어리니
꾸짖을 사람이라 그리 나를 대하시라
천자문 지었던 그가 친히 말씀 하셨다.

그 옛날 주흥사 님 천자문 홀로 짓고
하루 사이 백발 되신 고심 깊은 배려 속에
동양의 삼국 영재들을 청사 속에 빛났다.

망망한 지평선에 달이 떠서 솟아나듯
백이십오 고시체시古詩體詩 뜻풀이도 수월찮고
그것을 다 외워서 쓰기 그것 정말 어렵다.

천자문을 다 익히면 절로 공부 눈이 떠져
우주의 원리에다 강상綱常 농경農耕 이치 알아
사람이 살아갈 길이 햇빛처럼 빛난다.

젓가락

기능 올림픽에 수상하는 그 까닭은
젓가락질 습속에서 몸에 밴 탓이란다
손가락 마디마디에 힘이 실린 이유란다.

어진 이는 도살장과 부엌을 멀리하며
칼을 식탁에다 올려놓지 아니하며
음식을 잘 다듬어서 요리한 후 드느니라.

뾰족한 막대기를 깎고 또 다듬어서
저箸라 이름하여 밥, 반찬 먹기 좋게
도구로 만들어 쓰니 과시 문화 민족이다.

젓가락 마음에도 세월의 때가 묻고
그 모양 닳고 닳아 납작하게 되었어도
한 시절 사는 재미가 그 안에서 오고 간다.

노루섬 기행

물길에 싸인 사방 무인도인 노루섬은
충청도 서천 고을 바닷새 보금자리
유부도, 금강구 갯벌, 바로 옆에 있습니다.

내 안에 앓던 번뇌 침수라 칭한 후에
그것을 벗지 못함을 융기라 함이온데
섬이 된 이 마음 그걸 무어라 말할까요.

서해의 고도라고 운명 받은 생애지만
갈매기 집을 짓는 고적한 정은 좋아
끝끝내 풀지 못하는 매듭이라 그럽니다.

오늘은 이 섬에 와 저녁노을 우러르며
노랑부리백로와도 한참 동안 같이 놀다
먼바다 파도 소리나 귀에 담고 나옵니다.

이농離農

전원은 적적하고 사는 일은 서글퍼서
손발 부르트게 농사일에 매달려도
섣부른 농사 비용도 거둬지지 않더란다.

그러기에 농사일은 아내에게 맡겨두고
절망의 고갯길에 맥이 풀린 행인처럼
모여서 술이나 마시며 원통하게 살았단다.

조상 대대 풀뿌리로 살아온 고향 산천
새로운 일자리를 찾아가는 길가에는
은하수 물에 비치듯 시름들이 오더란다.

두 눈을 딱 감고서 가다가는 돌아보면
팻빛 노을 타오르는 마을 또한 고적하여
끊어진 호박 줄 닮은 신세타령 나더란다.

금기禁忌

장기, 바둑 구경하다 훈수하지 말 것이며
노름방 문지방을 아예 넘지 말 것이며
백주白晝에 술독에 빠져 혼절昏絶하지 마시라.

굴렁쇠

둥근 바퀴 채에 걸고 움직이는 굴렁쇠는
곧은 길 굽은 길도 하염없이 굴러가서
삼천리 심산유곡을 다 넘어설 모양새다.

아이들 손을 따라 술래 잡던 맑은 바람
떨어진 꽃잎마저 산산이 흩어놓고
마침내 지구는 둥글다, 말로 하는 굴렁쇠.

세상은 평화롭고 사람들은 너그러워
죄진 이 하나 없는 그런 세상 만들자고
발랄한 음악 소리로 돌아가는 것인가.

이만치 바라보면 나도 하나 굴렁쇠다
한도 많고 설움 많은 둥근 원을 펼쳐가며
소금기 묻어나도록 따라 뛰고 싶어진다.

희언戱言

이몽룡과 성춘향이 통성명을 하였니라

그래 허허 반갑구나, 성成자 성姓을 들어보니 그 좋은 이성지합李成之合 동고동락하여 보고 가족이 아닌 말로 가축적家畜的 분위기로 화기애애和氣靄靄 그도 아닌 화기애매和氣曖昧 실천하여 이성지합異性之合 이성지합李成之合 가릴 것도 없다는 듯, 깨알도 쏟아내고 참기름도 볶아내며 이 좋은 세상살이 함포고복 하며 살자

이 중에 말 많은 자는 내가 손수 다스리리.

V

옛 책
古書

삼각산에서

옛 책古書

옛 책은 오래된 책, 다시 보는 새로운 책
놀라운 새 사실이 촘촘히 담겨 있고
더러는 푸른 하늘이 구름 뚫고 나타난다.

하출도河出圖 낙출서洛出書는 거북 등과 용마에서
신비한 참 이치를 괘卦로 엮어 펴냈으니
책이란 천지의 기상 그 안의 인人이었다.

시대별 판원별版元別을 잠시 곁에 밀쳐두고
활자별 사본별을 더듬어서 읽는 날은
역사의 밝은 흐름이 냇물처럼 펼쳐진다.

옛사람 그리 살 듯 나도 따라 살아가리
온 누리 거리낌 없고, 사는 날 안 부끄럽게
겸손이 사는 그 이치를 오늘 다시 깨우친다.

손맛

신비로운 어머니 손 감실감실 움직이면
무언가 말로 못 할 감칠맛이 배어들어
입에서 그냥 녹습니다, 향기 또한 퍼집니다.

배추를 잘라 내어 소금에다 절인 후에
물에 씻어내어 온갖 양념 버무리면
세상을 들었다 놓을 그런 맛이 생깁니다.

빨간 고춧가루 포기마다 물이 들고
모양새야 그럭저럭 흉내는 내보지만
그래도 어머니 솜씨 그것보다 못합니다.

어머니 손맛이야 감초 닮고 해초 닮아
삶에서 체득하신 맛깔 어찌 배우냐니
괜찮아, 살다가 보면 늦된다고 하십니다.

해처럼

평생을 모셔 사는 시모 성함 모르듯이
부모님 은혜로운 희생을 외면하듯
너무나 큰 자비로움 잊고 살기 쉽습니다.

연못에서 멱을 감다 밖에 나온 아이의 눈
구름 속에 숨은 해를 절망처럼 기다리다
빛나는 해의 온기에 얼굴빛이 풀립니다.

알록달록 새알에서 어린 새가 부화하듯
산과 같은 해의 은총 천행이라 여기면서
따스한 인정을 나누는, 사람 되고 싶습니다.

신新 임신서기석

78, 825, 48, 6, 12, 12
7월 8일부터 8월 25일
사십팔 날 수 안에다 할 일 숫자 표기하기.

육하六何의 원칙으로, 열두 가지 작업하기
열두 가지 금할 일도 옆에 따로 표시하기
빚쟁이 각서를 쓰듯 명기明記하고 날인捺印하기.

신라 임신년에 돌에 새긴 글을 보며
그 자체字體를 괄목刮目하여 실감으로 접수하기
무언無言에 무탈無頉을 빌고 극력極力 실천 다짐하기.

유채밭에서

태어나서 처음 봤던 신비한 노랑 풍선
야릇한 그 색감에 참으로 놀라면서
밤이면 삼삼한 그림자 부여안고 잠들었다.

세월이 흘러가도 여운은 살아남아
오늘 유채밭에 날빛으로 밝게 솟아
밭머리 너른 자락에 금가루가 흩어진다.

방목放牧한 4월의 영화가 속속들이 숨을 쉰다
무더기 무더기로 춤을 추며 속삭인다
우리네 소중한 목숨 한 송이 꽃 아니냐.

다리

이웃끼리 담 너머로 떡보따리 넘겨주듯

　한 조각 정 이나마 다리 놓아 사는 내력 그 옛날 할아버님 강과 바다 다리 놓아 서로 어루만져 손을 잡고 살았듯이 요즘 사람 아기자기 다리 놓고 지내는데 다리는 곧 인정이며 꿈이며 사랑이라 구십 춘광 좋은 시절 꽃구름 일어나듯 너 있는 것 내가 받고 내 있는 것 네게 주는, 갖가지 사는 이력 그곳으로 오고 가며 여담도 주고받고 술잔도 비우면서 돌 다듬듯 사노라면 인생 곡절 다 겪는데 둥글며 혹 모나며 길고 짧은 이야기가 종이 뭉치 감겨오듯 그 안에 다 있어서 크고 작은 시름들도 얼음같이 녹는 다리

　더러는 일 편 하현달도 그 위에 걸쳐 있다.

원숭이

약아빠진 원숭이가, 더러 눈이 어둡단다

원숭이를 바라보면 참 사설이 긴 법인데 재주 믿고 까
불다가 오뭇 왕에게 잡혀 죽고 도토리 세 알 네 알 그 꾀
에 넘어가고, 더러는 나무에서 밑으로 추락하는, 웃지 못
할 이야기가 생겨나는 법이거늘 하물며 사람으로 재주
믿고 설치다가 제 목숨 제가 끊는 불상사가 생기는데 눈
치 빠른 범려 그는 구천에게서 달아나고 물정 없는 한신
그는 유방 처에 잡혀 죽어 토끼 잡고 개를 잡는 토사구
팽 당했으니 대저 하늘에선 사람에게 무얼 주면 모든 걸
주지 않고 쪼개주는 그 이치는 겸손하게 사시라는 깊은
뜻이 게 있나니 만일 그걸 어긴다면 자업자득 맞으리니
동물원 원숭이들 소란에서 짐작한다

아내는 나의 성급함이 원숭이와 같단다.

모닥불

너절한 외상값과 이름뿐인 채권 증서
속깨나 썩인 그걸 한 두름에 뭉쳐 들고
관솔불 밝게 타오른 모닥불에 넣습니다.

모두를 괴롭혔던 수많은 사정事情들이
불길 속에 소리 내며 연기처럼 사라지고
타오른 불길 속에서 따스함만 남습니다.

모처럼 바라보는 푸른 하늘 흰 구름이
참으로 행복하게 보이기는 하지마는
그래도 태워야 할 것 아직 옆에 있습니다.

속이 뒤틀려서 미워했던 마음이랑
눈이 멀어, 해선 안 될 욕심이며 미련 따위
그것도 후련히 태우니 체증滯症이 다 내립니다.

장기

개미들도 끼리끼리 싸우고 또 싸우다가
다리가 부러져서 바둥대는 놈도 있고
상대방 목덜미 물고 악을 쓰는 것도 있다.

나라 운명 걸린 전쟁 두렵고 참혹하다
유방과 항우 진영 군사들 모여드니
고수高手들 검은 음모가 장기판에 오른다.

적의 방어 분포 상태 제어하는 전략에는
참호도 다시 파고 함정도 피하면서
덫 놓고 기다리다가 덮어씌울 심산이다.

하나둘씩 떨구어진 기물들을 젖혀두고
사활의 처절한 극劇 지금 마구 펼쳐지는
그 옛날 해하성 전투, 그 현장이 여기다.

도라지꽃

그리움도 왕국王國인 양, 별과 같은 등을 달고
충청도 고향 언덕, 도라지들 피어났다
송송이 아린 암향暗香이 산기슭에 퍼진다

바람에 흔들려도 기울 듯 도로 감긴
내 유년 어린 꿈은 보랏빛 그거였듯
산새들 울음소리가 꽃잎마다 묻어있다.

별을 보고 점을 치는 시골 마을 촌로처럼
금강물 흘러 흘러, 가을 오는 날빛 속에
그대는 가뭇한 회억回憶, 사향도思鄉圖를 그린다.

표정

마음속에 있는 뜻을 내비치니 탈이로다
더구나 그 찌꺼기 말로 하니 문제로다
하얗게 혹 붉어지는 상을 다시금 바꾸시라.

희노애락 애오욕을 밖으로 내지 말고
갈래갈래 매운 시름 아지랑이 피어나듯
인간사 온갖 시비를 스스로 다스려라.

세월이 지나가면 시름 또한 겹에 싸여
주름살 또 저승꽃의 무늬들이 보이기에
나이테 그 원의 지름을 다시 재며 사시라.

백학이 날아간 곳 아무런 흔적 없듯
사람이 사는 얼굴 담담해야 쓰느니라
한 꺼풀 껍질을 벗는 그 아픔을 견디시라.

뱀 이야기

독사에게 물린 그 일 죽음같이 끔찍했다

사촌 형님 경험인데 논 물꼬를 살피다가 느닷없이 독사
에게 손가락을 물렸는데 첨엔 그냥 따끔할 뿐, 별 이상이
없었지만, 차츰 눈이 어두워져 먹물처럼 캄캄하고 물린
자국 퉁퉁 부어 간신히 귀가하여 짜내고 약 바르며 석 달
을 앓았는데 그래 겨우 살아난 뒤, 친구가 말하기를 뱀도
무섭지만, 사람이 더 무섭다고, 사람으로 태어나서 꼭 자
기만 옳은 듯이 혀를 날름날름 이리저리 꼬아가며 제 몸
을 제가 감고 틀어 앉는 모양새는 사람 아닌 영락없는 한
마리 뱀 아니냐며, 넓은 이 세상에 저만 꼭 잘났으며 제
말만 말이 되고 남의 말은 그만이니, 아이들이 뱀만 보면
징그러워 미워하여 몽둥이나 돌을 들고 패고 찍고 그렇
듯이, 그런 사람 피하면서 조심하라 충고했다

이처럼 소름 돋는 사람, 동네마다 다 있다고.

상여

상여가 나가는 날, 개도 잘 안 짖는다

아침은 적막하나 그 뒤 뭐가 따르나니 가령 칠성판에
운구하는 때쯤엔 누가 먼저 할 것 없이 상두꾼 앞소리
로 이제 가면 언제 오나 원통해서 못 살겠네, 어허노, 어
허노, 어이 가리, 어허노, 상장막대 두들기며 가슴살 뜯
어내듯 애고야 울음소리 천지가 다 진동하여 소리가 뭉
쳐지며 마을 길 나설 때는 앞 뒷산이 뭉개져서 눈물 고
인 강이 되고 구경꾼도 넋을 잃어 주저앉게 된다마는 저
승차사 그들 셋은 몸은 두고 혼만을 빼 간다고, 연꽃 봉
황 장식 저승 같은 무늬 있어, 죽은 어른 어지간한 복은
있다 이르지만

마을은 다 허물어져 들판으로 나앉는다.

이름

이름을 불러보면 그 사람이 떠오르듯
나름대로 채색 빛과 그림자가 이루어져
소망이 축복과 함께 이름 속에 있단다.

옛날엔 한 사람이 여러 이름 썼었단다
자字나 호號 별명 별칭別稱, 가약假藥으로 가늠하며
청청한 하늘 우러러 새기고 또 새겼단다.

백학은 그 비상으로 구만 장천 다 건너듯
푸른 하늘 푸른 구름 이름 안에 잠기도록
오늘은 귀한 이에게 귀한 이름 지어 주자.

습관

습관은 또 습관이라 창밖으로 못 버리죠
비 오면 군 입맛에 파전이 떠오르고
게다가 막걸리 한 사발 더할 수 없이 좋죠.

잡힌 고기 물을 건널 때 징징 운다지만
저녁노을 찬바람에 서성이는 새들 또한
두고 온 고향 그리워 남녘 가지에 앉지요.

뱃사람 술 마실 때 갯가에서 꼭 마시고
운전기사 꿈에서도 운전대를 돌리듯이
사람은 길들인 안락 습관 안에 다 있죠.

귀 떨어진 접시나마 식탁 위에 안치하며
내 만든 그림자를 내가 밟고 살겠으니
놔두서, 늦잠 좀 자게, 아침잠 참 맛있어요.

소지

우리 집 막내둥이 군대 생활 무사하게
속앓이 잦은 아내 통증이 좀 가라앉게
주사酒邪에 지든 나에겐 금주 그걸 성공하게.

정월 대보름날 장목長木 끝에 걸리는 날
은하수에 절한 후에, 소지 석 장 태웁니다
동남풍 다시 불어라 소지 원정 올립니다.

눈빛 같은 하얀 백지 지전紙錢이나 상소문이
하늘로 피워 올라 그을음을 남겨 놓고
더러는 땅에 떨어져 다시 올려 태웁니다.

한산모시 적삼 같은 일 년 해를 보내면서
한 줌의 흙 소망 같은 그런 일을 빌고 빌며
조그만 가족의 비사秘史 불로 태워 바칩니다.

남다른 해석법으로 세상 보기
- 백승수 시인의 경우 -

임 종 찬
(부산대 명예교수. 시조시인)

I. 시인의 시각

세상을 이해하기 위해서는 감각적 사고에 익숙해야 한다. 예술가는 오감으로 느끼는 감각이 남다른 사람들이다. 틀 안에 갇힌 사고를 부수고, 고정관념이란 외피를 벗겨내 새로운 세상을 보는 사람들이다.

예술을 다루는 학문을 미학(aesthtics)이라 한다. 여기다 부정 접두사 an을 붙인 anesthtics는 미학과 다른 마취학이라는 말이 된다. 사물에 대한 심미적 감정으로 읽어낼 수 있는 걸 미학이라 하지만 예술은 어느 정도 사물에 대한 집념이든 마취든 그 자체에 빠져들어 논리적 사고를 부술 때 드디어 예술 본 모습을 드러내는 것이다.

베토벤이 청력을 완전히 잃었지만 그는 〈합창교향곡〉 그리고 현악 4중주 여섯 곡을 쓰고 세상을 떠났다. 베토벤은 청각 대신 다른 상상세계에 도취되었거나 심미적 마취에 이끌려 이런 작품을 남긴 것이다. 시각 너머 존재하는 이

상세계 속에서 상상의 무대 위에 서서 청각 너머 존재하는 세계의 소리를 들었다는 것이다.

시인은 감각이 남다른 사람들이다. 보통 사람들이 보는 시각과는 다른 착시 현상을 보거나 남들이 듣지 못하는 소리까지 듣는 사람들이라는 말이다. 익숙한 사물을 처음 본 양으로 착각하기도 하고, 영 엉뚱한 사물을 덧대어 애초 사물을 조작하기도 한다. 보통 사람들이 상상하지 않는 걸 상상하는 엉뚱한 발언자가 시인이다.

증명사진은 인물이나 사물의 사실성을 증명하는 사진이다. 그러나 예술 특히 시는 사물의 사물 됨을 증명하려 하지 않는다. 사물이 풍기는 냄새나 사물 안에 숨어있는 의미를 해부해서 공개하는 외과 의사라 해도 무방하다.

백 시인은 바로 이런 감각을 잘 나타내는 시조시인임을 염두에 두고 그의 작품 세계 안으로 들어가 보기로 한다.

II. 정신문화의 지향

캐나다 영화배우이자 시인인 루이스 포르탈(Louise Portal 1950~)은 탁월한 글쓰기 특징 세 가지를 이렇게 지적한 적 있다. ① 글을 쓴다는 행위는 자신과 다른 것들, 모든 순간들, 모든 인간들을 사랑으로 연결시키는 순간을 나타낸 작품 ② 매일의 삶에 견주어 또 다른 하나의 삶을 나타낸 작품 ③ 영혼과 영혼을 정화시키는 항아리 같은 작품이라고 지적했다. 시인은 시가 현존재와는 다른 세계, 적어도 어제와 다른 오늘을 정화시키는 역할을 한다는 것이어야 한다는 말이다.

우선 백 시인의 작품 속에는 현대문명이 물량적, 소비지향적 경향을 미워하는 경향이 있다. 문명의 선구라는 서양 풍조는 상품으로 치장하는 단조로운 사회를 응원해 왔고, 소비의 일상 속에 인간을 가두어 상품을 신격화하는 데 기여해 왔다. 백 시인은 이런 풍조가 못마땅하다는 것이다.

삶의 질서였던 신비감은 사라지고 상품의 진부함이 일상 속을 지배하는 현대사회보다 이런 사태의 도래 이전이 훨씬 인간다운 세계임을 말한다.

> 고루(孤陋)하고 과문(寡聞)하여 어리석고 또 어리니
> 꾸짖을 사람이라 그리 나를 대하시라
> 천자문 지었던 그가 친히 말씀 하셨다.
>
> 천자문을 다 익히면 절로 공부 눈이 떠져
> 우주의 원리에다 강상(綱常) 농경(農耕) 이치 알아
> 사람이 살아갈 길이 햇빛처럼 빛난다.
>
> – '천자문' 일부 –

세태에 영민하지 못한 자신을 채근하는 태도이긴 하다. 그러나 천자문의 저자 목소리는 지식을 많이 알아 영특한 삶의 주인 역할보다는 어리석고 또 어리기조차한 사람이 오히려 사람살이의 근본이라는 것이다. 배움이란 많이 배울 것 없이 천지 이치를 헤아려 보는 천자문 한권으로도 넉넉한 것이라 보고 있다.

인간은 지상의 유랑자다. 자유롭게 유랑하던 인간들이 어느새 풍부한 감각과 자연, 감정과의 조화를 단절시키

고, 내면의 감성조차 흐릿해진 상태, 이성적 판단마저 물질화된 것에 대해 비난한다. 이것과 상관없던 시대의 동경으로 현대를 다시 보고 있고, 그런 가르침을 천자문에서 알아들었다는 것이다.

> 더러는 파도 속에 새 울음도 건져 내고
> 죄 많은 온갖 목숨 보듬고 또 다독이던
> 어머니 자장가 같은 이상한 그 피리 소리
>
> 나는 지금 등을 켜고 이 겨울을 숙직(宿直)하다
> 전설 속 꽃이 된 꿈, 마음 귀로 짐작하며
> 아슬히 들릴 듯 말 듯 그 소리를 듣고 있다.
>
> -'만파식적(萬波息笛)' 일부-

신라가 삼국 통일을 달성해도 근심이 많았을 것이다. 문무왕은 왜구의 노략질을 막을 욕심으로 죽어 동해 용왕이 되고자 했다. 감은사 근방 동해 바다에 용이 나타나 금으로 된 피리를 주며 이 피리를 불면 우환이 없어진다는 전설이 이래서 생긴 것이다.

한편 바다를 삶의 무대로 삼았던 사람들에게는 파도를 잠재울 신령스런 힘이 간절하였고 이 피리 소리가 만파를 쉬게 한다 하여 신령스런 피리 소리를 간절히 듣고 싶어 했다.

그때 그 원시적 신앙의 피리 소리처럼 아니면 그 이상의 소리로 어머니의 자장가로 자기 내부의 질서를 회복하기 위해 만파식적 피리소리를 듣고 싶어 한다. 그것만이 아니라 문명에 오염되지 않았던 원시적 순수의 소리 속에 자신을 맡기고 싶어 한다.

가청거리 밖에서 들릴 듯 말 듯 하는 상상 세계에 자신을 맡겨 새로운 세계를 꿈꾸려 한다. 과거를 불러와 현재에 접목하여 현재대로가 아닌 다른 세계에서 현재를 보려 한다. 이것은 다음 작품에서도 확인된다.

> 인간사 바람 끝에 손마디가 시려 와도
> 목숨도 공경하면 망울조차 푸르러서
> 울리는 쇠북소리로 산 빛 물 빛 다 감았다.
>
> 우여(紆餘)와 곡절(曲折) 속에 소실(燒失)된 그 벽화는
> 비천상(飛天像)만 제외하고 환영으로 남았대도
> 지금도 담징의 이야기 아른하게 들려온다.

- '금당벽화' 일부 -

고구려 화가 담징이 일본 호류사의 벽에 그린 그림은 동양 3대 미술품이라 일컬어진다. 불교문화를 일본에 전하기 위해 담징은 일본에 가서 중앙에 부처상, 좌우에 보살상 그리고 비천하는 선녀상을 그렸다. 그러나 애석하게도 1949년 화재로 소실되고 일부만 남았다. 이미 담징은 가고 없지만 그의 업적은 '울리는 쇠북소리' 또는 그의 업적이 지워지지 않는 이야기로 '아른하게 들려온다'는 것이다. 담징은 일본인에게 두부, 종이, 먹의 제조법까지 전파한 인물로 전해지고 있다. 그의 업적을 상기하면서 그가 그린 벽화 속으로 자신을 투신하는 듯하다.

이외에도 백 시인은 우리 문화재에 애착심을 나타내면서 그것의 현재화와 당시를 상상하는 작품 여럿을 보인다. 〈분청사기〉, 〈서산마애불〉, 〈금속활자〉 등이 이를 증명한다.

III. 장애를 넘어선 자기완성

흐르는 물은 장애를 만나야 비로소 소리를 낸다. 인간 삶에서도 역경을 만났을 때 삶의 의욕이 돌출하고, 현재대로의 나로부터 일탈하고자 하는 삶의 역동화가 생긴다. 고통과 고뇌는 세상을 다른 각도에서 사유하게 만드는 촉매다.

> 아버지 노름빚에 빼앗긴 논마지기
> 그 논을 되찾아야 어렴사리 버티기에
> 한 평생 병 앓이 몸으로 시름시름 사신 모친.
>
> 사방이 산에 싸인 움막 같은 오두막에
> 자식이 다섯이라 손발이 다 부르트며
> 새처럼 둥지 속에서 쥐불 때고 지냈었다.
>
> – '논 이야기' 일부 –

가족사의 일면이면서 어머니의 고생하신 모습을 엿보게 하는 작품이다. 어느 가정인들 평온만 있는 건 아니다. 아버지의 실수로 어머니의 고단함이 중첩되었고, 이를 보고 자란 시인은 역경을 견디는 힘과 이 역경을 초월하고자 하는 욕망을 꿈꾸었을 것이다.

즐거움, 행복감, 만족감 등은 소극적 감정이다. 이것으로는 이루어내고자 하는 목표나 극복하고자 하는 대상이 부재하기 때문에 삶은 단조로울 수 있다. 강이 여울을 만나야 아름다운 물소리를 낸다. 삶도 마찬가지다. 곡절의 아픔은 더욱 인간다운 삶을 재촉하게 된다는 것 아닌가. 이 점은 다음 작품에서도 확인된다.

> 조상 대대 풀뿌리로 살아온 고향 산천
> 새로운 일자리를 찾아가는 길가에는
> 은하수 물에 비치듯 시름들이 오더란다.
>
> 두 눈을 딱 감고서 가다가는 돌아보면
> 핏빛 노을 타오르는 마을 또한 고적하여
> 끊어진 호박 줄 닮은 신세타령 나더란다.
>
> – '이농(離農)' 일부 –

5.16 이후 조국근대화 시책 하나로 농업 중심사회에서 산업중심 사회로 전환하면서 농촌인구가 도시로 집중하게 되면서 이농 현상이 두드러졌다. 백 시인의 가족들 또한 고향을 등지고 부산으로 이주해 왔다. 살기 좋은 충청남도 서천 땅, 누대로 살았던 삶의 터를 버리고 이주해 왔을 때는 불안감과 아쉬움이 교차되었을 것이다.

2008년 1월부터 사용되던 호주제가 폐지되었다. 호적등본의 문서에는 가족 구성원과 그들의 신분관계, 본적, 본관 등이 적시되었던 문서가 호적등본이다.

본적은 친인척이 대대로 이어 살던 삶터를 말한다. '조상 대대 풀뿌리로 살아온 고향 산천'을 떠나 산다는 건 여간한 일이 아니었다. 그것은 '끊어진 호박줄 닮은' 삶일 수 있었다. 이 과정을 지켜본 백 시인은 이농의 아픔을 아파하는 부모님의 모습을 목도하였을 것이다.

> 가난을 꽃길인 양 펼쳐놓은 농부 닮아
> 땅 파먹고 사는 일이 부끄러운 모양세로
> 길 위를 달리며 구르며 달아나는 땅강아지.
>
> 팔베개로 지쳐 누운 눈이 시린 시골 산야
> 별빛처럼 쏟아지는 서러움에 목이 메어
> 저 혼자 몸부림치며 우는 무습 보인다.
>
> -'땅강아지' 일부-

땅강아지는 일명 땅개라고도 한다. 어린이들이 놀잇감으로 삼던 곤충이다. 어릴 적 땅강아지와 놀던 유년기를 회상하면서 한 편으로는 흙을 뒤적이며 살았던 부모님과 이웃들의 이력을 불러와 땅강아지로 비유하고 있음이 재미있다.

아직도 고향 땅을 지키고 사는 고향 사람들 역시 땅강아지 같은 삶으로 흙을 만지고 있을 모습을 호출하는 재미있는 작품이다.

Ⅳ. 세상 해석법

먼 바다를 항해할 때엔 풍랑을 예고해야 한다. 풍랑을 겪지 않고 먼 항해를 하고 귀항하기는 어렵다. 풍랑을 경험하지 않은 항해는 밋밋하고 재미없는 여행일 수 있다. 인생엔 크든 작든 번민이라는 풍랑을 만나게 되고 이 번민을 통해 인생은 의미 있는 생활을 설계하게 된다.

아픔이 있기 전에는 아픔을 모르는 법이다. 후회를 탄생시킨 그릇된 현실에 직면해서야 삶에 대한 새로운 의지가 생기는 법이다. 절망과 고뇌는 새 삶을 적극화시킨다. 인간은 수시로 외부와 내부의 충돌은 물론이고, 세계와 나와의 충돌마저 만난다. 이것 때문에 행복한 순간은 짧고 절망의 시간은 길게 느껴지는 것이다.

불안전하게 전개되는 상황은 끊임없이 인간에게 무언가를 암시하거나 행동을 강요한다. 시인은 이것들이 내장하고 있는 암호체계를 번역하는 번역사가 아니면 통역관이라 해도 좋다. 숨겨진 비밀 통로를 안내하는 길잡이라 해도 좋다.

> 어린 목숨 가꾸는 건 긴 세월의 영고(榮枯)지만
> 다시 피울 푸른 꿈을 창검인야 감춰두고
> 어느 집, 식구들처럼 깍지 벗고 누워있다.
>
> — '도토리' 일부 —

도토리 열매 속에 내장된 창검 같은 푸른 꿈은 다시 이룩할 새 역사라는 것과 도토리 알이 마치 잠옷 바람으로 잠자리에 가지런히 누운 식구들의 행렬로 보인다는 발상이 재미있다. 식구들의 단란한 모습과 곧 도래할 내일의 거창한 세계를 꿈꾸었던 과거를 회상하고 있는 건지도 모른다.

시는 언제나 현실 모습을 빗대어 말하거나 뒤집어 말하거나 턱도 없는 것으로 비유하여 독자에게 놀라움을 선사한다. 도토리 열매에서 꿈꾸는 인간 세상을 번역하다니.

다음 작품 역시 사물을 인간화시켜 의미의 혈맥을 연결하고 있다.

> 바람에 흔들려도 기울 듯, 도로 감겨
> 내 유년 어린 꿈은 보랏빛 그거였듯
> 산새들 울음소리가 꽃잎마다 묻어 있다.
> — '도라지꽃' 일부 —

> 태어나서 처음 봤던 신비한 노랑 풍선
> 야릇한 그 색감에 참으로 놀라면서
> 밤이면 삼삼한 그림자 부여안고 잠들었다.
> — '유채밭에서' —

세파에 흔들려도 지워지지 않는 것 중 하나는 유년기의 추억이고 당시의 싱그러웠던 느낌이다. 보랏빛 꿈을 꾸던 유년기를 연상시키는 이들 작품은 비단 백 시인만의 전유물이 아니라 이 시를 읽는 독자 모두를 공감의 공간 속에 갇히도록 하는 힘으로 행사하는 것 같다.

도라지꽃이나 유채꽃은 꽃으로 현현된 내 꿈의 세계였고, 꿈을 지향했던 기대치였음을 말하고 있다. 현재대로의 삶의 굴레를 잠시 부수고 아직 문명의 노예가 되기 전의 철부지 유년의 기분을 연상하게 한다. 독자로 하여금 될 수만 있다면 그런 기분을 연상하기를 기대하는 작품이다.

이상 몇 가지 백승수 시인의 작품 세계를 나름대로 해석해 보았다. 이미 밝힌 바대로 그의 시적인 안목과 시선은 타의 추종을 불허할 정도라 해도 무방하다. 그렇기 때문에 백 시인은 원로 시조시인으로서 주목을 받는다고 생각된다.

백 시인은 학문의 영역에서도 대단한 업적이 있는 분이다. 그는 청록파 시인들의 작품 세계가 한국시사에 어떤 영향을 미쳤는가에 주목한 논문으로 박사 학위를 받은 바 있고, 이 논문은 지금도 많은 학자들이 인용하고 있다. 그 외 학적 가치가 단단한 논문들이 많음도 밝히고 싶다. 그의 인품과 작품 세계에 찬하고 싶은 말들이 많지만 줄인다.